LES ÉPHÉMÈRES

PETITE GALERIE DES HOMMES POLITIQUES

PAR UN MALCONTENT

Ubi est dignitas, nisi ubi honestas ?

CIC.)

PREMIÈRE

A M. WALLON

Ex-ministre de l'Instruction publique

PARIS

GEORGES DECAUX, ÉDITEUR

7, RUE DU CROISSANT, 7

1876

LES ÉPHÉMÈRES

PETITE GALERIE DES HOMMES POLITIQUES

Cette première des *Éphémères* allait paraître, lorsque M. Wallon a été, aux applaudissements de tout le corps enseignant, renversé du ministère.

Nous avons jugé convenable alors d'en retarder la publication.

Aujourd'hui, les mêmes ménagements ne ncus sont pas imposés, et nous pouvons dire à l'Académicien, au Sénateur et au Doyen de la Faculté des lettres ce que nous pensons de l'ex-ministre.

LES ÉPHÉMÈRES

PETITE GALERIE DES HOMMES POLITIQUES

PAR UN MALCONTENT

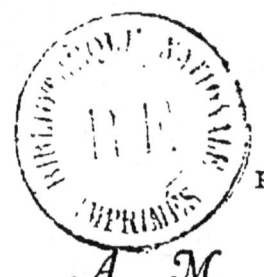

Ubi est dignitas, nisi ubi honestas ?
(CIC.)

PREMIÈRE

A M. WALLON

Ex-ministre de l'Instruction publique

PARIS

GEORGES DECAUX, ÉDITEUR

7, RUE DU CROISSANT, 7

—

1876

LES ÉPHÉMÈRES

PREMIÈRE

A M. WALLON

Ex-ministre de l'Instruction publique

Nihil est inservitum a me temporis causa.
(Cic.)

Sur certains points il faut qu'avec vous je m'explique.

Parrain, par accident, de notre République,

Vous craigniez, m'a-t-on dit, d'accoler votre nom

Au nom compromettant de quelque Washington,

Et de notre Genèse à son second chapitre,

Vous espériez changer et la forme et le titre.

C'eût été dangereux, quoi qu'en ait dit Buffet :

Croyez-moi, défendez ce que vous avez fait,

Et, dans votre intérêt, ne prêtez pas l'oreille

A ce que Dupanloup vous souffle et vous conseille.

Je tiens ces deux messieurs pour fort honnêtes gens,

Mais ils ne savent rien des choses de leur temps.

L'un croit qu'on ne peut être heureux que sous un maître,

L'autre veut que tout cède à l'action du prêtre,

Et dans le fol espoir qu'après Quatre-Vingt-Neuf

Avec de vieux haillons on peut faire du neuf,

Dépourvus du bon sens qu'à tous le ciel délivre,

Ils voudraient ranimer ce qui ne peut revivre

Et nous ravir enfin, avec la liberté,

Les droits dont la conquête, hélas ! a tant coûté.

Oui, de vos conseillers voilà quel est le rêve.

A leur confusion Dieu veuille qu'il s'achève

Avant qu'ils ne vous aient tout à fait compromis

Auprès de vos meilleurs et plus anciens amis,

Et forcé de livrer à leur libre caprice

Notre Université, cette forte nourrice,

A qui nous devons tant, et qui vous a traité,

Dans son aveuglement, comme un enfant gâté,

Vous frayant aux honneurs la route la plus prompte,

Faveur dont vous avez tenu si peu de compte !

Un homme fut parmi vos obscurs devanciers,

Qui ne figurait pas parmi les bacheliers ;

Son incapacité n'était point un mystère,

Même pour les derniers garçons du ministère ;

L'avait-on installé chef de l'instruction,

En prenant en souci son éducation,

Et voulait-on, afin qu'il suivît chaque classe,

Le septennaliser lui-même dans sa place ?

Non, car, en ce temps-ci, tout ministre d'un an

Est aussi bien coulé que les neiges d'antan.

Poussé par les féaux de chaque dynastie,

Courtisans au rancart, piliers de sacristie,

Chevaliers essoufflés, édentés et perclus,

Derniers adorateurs des pouvoirs absolus,

Il avait mission, en sapant dans sa base

Tout le corps enseignant, de faire table rase :

Bacheliers, *licenciés,* agrégés et docteurs,

Normaliens, suspects d'être libres-penseurs,

Érudits et lettrés, enfin toute la race

Des savants, odieuse aux disciples d'Ignace,

Devaient en même temps, et sans aucun délai,

Recevoir du ministre un grand coup de balai.

Il fallait nettoyer tout lieu de pestilence,

Au moindre raisonneur imposer le silence,

Et déléguer enfin au peuple sacristain,

Sans contrôle, le droit d'enseigner son latin ;

C'était le sûr moyen de ramener la France

Au temps où florissait une sainte ignorance,

Et de placer le peuple abêti sous la loi

Ou sous le bon plaisir de n'importe quel roi.

Mais votre devancier, pris soudain de vergogne

Au moment d'aborder cette rude besogne,

Résigna ses pouvoirs, en comprenant très-bien

Que dans ces intérêts il ne comprenait rien.

Pourquoi suppose-t-on que celui qui recueille

L'héritage vacant du moindre portefeuille,

Instruit par le passé, mettra son point d'honneur

A ne pas faire pis que son prédécesseur ?

De vous assurément on devait mieux attendre ;

Mais, ô déception ! c'est à n'y rien comprendre :

Aucun autre avant vous ne nous fut si fatal,

Et dans si peu de temps ne nous fit plus de mal ;

Non pas même Fortoul de funeste mémoire ;

Car de vos devanciers je sais à fond l'histoire,

Et sans en surfaire un, je les coterais tous

A leur juste valeur, du premier jusqu'à vous.

  Revenons : promoteur de notre République,

Vous eûtes ce jour-là droit au panégyrique ;

Je ne m'en cache pas : un moment j'ai conçu

Un espoir qui fut vite et tristement déçu ;

J'ai supposé qu'armé de votre double titre,

Vous alliez vous hâter de régler, comme arbitre,

De l'Université le malheureux destin,

Et pour moi l'avenir cessa d'être incertain.

  Je me dis, n'ayant pas l'honneur de vous connaître :

Enfin donc nous allons avoir un vrai grand maître ;

Un des nôtres, tout prêt à donner sur les doigts

De ces éducateurs qui, jaloux de nos droits,

S'en vont criant partout qu'en dehors de l'Église

Il n'est enseignement qui ne démoralise,

Que l'enfance est vouée à la perdition,

Si l'on ne la confie à leur direction,

Et qu'il est du salut de toutes les familles

De remettre en leurs mains les garçons et les filles.

Oui, c'est ainsi qu'en use un honnête clergé,

Qu'en ses agissements on a trop ménagé.

A cette propagande, un ministre un peu ferme

Dès son avènement aurait su mettre un terme,

Et du corps enseignant, à voix haute, attesté

Le savoir, l'esprit d'ordre et la moralité.

C'est ce qu'on attendait, ce que vous deviez faire ;

Mais, las ! vous avez fait bien pis que le contraire ;

Au lieu de nous venger de nos noirs ennemis

Au milieu de nos rangs, vous les avez admis,

Et par votre faiblesse, avant longtemps peut-être,

Monseigneur Dupanloup sera notre grand maître.

Pauvre Université ! Je n'ose pressentir

Quel destin lui réserve un prochain avenir.

Au fond du cœur pourtant je garde une espérance,

Car son salut importe au salut de la France.

On ne souffrira pas qu'une coupable main

S'empare de la ruche, en disperse l'essaim,

Ou ravale au niveau des écoles d'Espagne

Notre Université, fille de Charlemagne.

Si grands que soient vos torts, vos services passés

Qui les répareront les ont presque effacés.

Des vrais républicains, la couche la moins neuve

Vous en a, par son vote, administré la preuve ;

Plus d'un intransigeant, pour n'être point ingrat,

A voulu qu'on vous fît une place au Sénat :

Soixante-dix vous ont distancé d'une lieue,

Et comme châtiment on vous a mis en queue...

Mais vous avez — ce qui doit vous flatter beaucoup —

De plus d'une longueur dépassé Dupanloup.

Dupanloup! le pauvre homme! Entrer dans la fournaise

Lorsque déjà frémit et crépite la braise!!...

L'héroïque prélat veut conquérir le ciel

Par la contrefaçon du sort de Daniel [1] ;

Près de Littré, ce sort en effet le menace ;

Mais à sa droite Dieu lui réserve une place.

Le royaume d'En-Haut vaut bien ce lieu d'exil.

Qu'il lui soit au plus tôt ouvert! — Ainsi soit-il!

Novembre 1876.

[1]. Le lendemain de son élection, Mgr Dupanloup adressa à un de ses amis qui l'avait félicité de son élection au Sénat, la réponse suivante :

Bon-Repos à Viroflay (Seine-et-Oise), le 19 décembre 1875.

Mon cher ami,

Devez-vous me féliciter d'une élection accomplie dans des circonstances si pénibles ? Et en ce qui me touche personnellement, que puis-je dire, sinon que me voilà, à la fin de ma vie, *rejeté comme Daniel dans la fournaise de Babylone ?* Priez au moins Dieu pour moi, afin que, s'il a permis que je fusse dans cette élection à peu près le dernier des sénateurs, il me donne la force de combattre jusqu'au bout pour les droits imprescriptibles du saint-père, pour la liberté de l'église et pour le salut de la société.

Tout à vous bien affectueusement en Notre-Seigneur.

FÉLIX, évêque d'Orléans.

L'*Univers* fit observer le lendemain que ce n'était pas Daniel qui avait été jeté dans la fournaise, mais bien ses compagnons.

PARIS. — IMPRIMERIE F. DEBONS ET Cᵉ, 16, RUE DU CROISSANT.

www.ingramcontent.com/pod-product-compliance
Lightning Source LLC
Chambersburg PA
CBHW061411170626
46811CB00005B/1957